샛별처럼

샛별처럼

2024년 6월 6일 제 1판 인쇄 발행

지 은 이 ㅣ 신애경
펴 낸 이 ㅣ 박종래
펴 낸 곳 ㅣ 도서출판 명성서림

등록번호 ㅣ 301-2014-013
주   소 ㅣ 04625 서울시 중구 필동로 6(2층·3층)
대표전화 ㅣ 02)2277-2800
팩   스 ㅣ 02)2277-8945
이 메 일 ㅣ ms8944@chol.com

값 20,000원
ISBN 979-11-93543-89-4

샛별처럼

신애경 시집

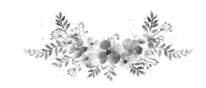

도서출판 명성서림

신애경

- 청봉 신애경
- 1959년. 8월 13일생(음)
- 1978년 이화여고 졸업
- 1982년 방송대 법학과 입학
- 숙박업, 음식업, 속셈학원 운영
- (사) 대한숙박업 용산구지회 사무국장
- 010-7534-0521

시집을 내면서

누군가 내게 말하네
거침없이 써 내려가니 시집을 내라고
그렇게 말한다고 시집을 낼 수 있을까
밴드라는 공간에다 게시판에 글과 사진을
올려보네
표정과 댓글 읽으며 슬며시 미소 짓네
굴곡진 인생길 마디마디 울고 넘었네
하늘 향해 한 점 부끄럼 없기를 빌었던
시인의 글을 읽으며 마냥 추한 몰골만
내비칠 수밖에 없었던 나의 이야기를
세상에 내놓네.

청봉 *신애경* 拜上

5 / 시집을 내면서

1

인생 참 그렇다

12 / 섬진강 아라리

14 / 겨울 나그네

16 / 덕수궁 돌담길 따라

18 / 인연의 고리는 어디일까요

20 / 널 믿어

22 / 첫 시집 *오빠야*를 내고

24 / 사월이 가네

26 / 팔당 온누리 백숙집

28 / 하고픈 일을 해 보는 것

30 / 봄 봄 봄

32 / 명륜진사갈비

34 / 삼각산 아이원 임대아파트

36 / 서란에게

38 / 어려운 일에 틀림없다

40 / 삼여

42 / 인생 참 그렇다

44 / 게으른 자 들어오지 마라

46 / 듣는 일은

아내 울리지 말아요 / 50

어디에 서 있습니까 / 52

진짜 일부러는 아닙니다 / 54

무지개는 있다 / 57

사소한 것에 목숨 걸지 마라 / 58

오래 길게 / 61

괜찮아, 괜찮아 / 62

변화, 나부터 시작 / 64

어느 택시 기사의 이야기 / 68

인생은 짧고 / 70

가난한 연인 / 73

당신의 스토리를 들려주셔요 / 74

살맛 나는 일 / 76

아직 내가 싫어요 / 78

안동역에서 / 80

치킨 두 마리 / 83

이른 비 늦은 비 / 84

신토정비결 / 86

2

당신의 스토리를 들려주셔요

3

기
다
림
에
대
하
여

90 / 적당히 좀 해요

92 / 귀갓길 보광동 풍경

95 / 이현우 책방지기는 부지런하다

96 / 사랑받지 못하는 여자는

98 / 태풍 소식이 들려오는데

100 / 가까이에 있어요

102 / 폭풍 속에서

105 / 자식 어려운 줄 알아라

106 / 언어가 예쁜 사람

109 / 물 들어올 때 배 띄워라

110 / 현명한 사람은

112 / 조조할인 버스 타다

114 / 기다림에 대하여

116 / 고봉밥

118 / 삼모작이다

121 / 꿈꾸는 노후

122 / 자색 목련화

124 / 여인의 눈물

126 / 싱그러운 청춘을 위하여

이른 비 늦은 비 / 130

사람보다 귀한 선물은 없어요 / 133

엎드리면 보여요 / 134

파리에서 도시락을 파는 여자 / 136

세상을 품은 아이들 / 138

힘들게 살지 말아요 / 140

우리가 서로 사랑해야 하는 이유 / 142

60초 쉬고 말해요 / 145

찾습니다 / 146

스타와 매니저 / 148

MC 허참에 대하여 / 150

외국 사람과 결혼한 한국 여자들 / 152

마음을 기대고 / 154

상생의 법칙 / 157

조심조심 / 158

쓸 수 있을까요? / 160

걷고 싶어요 / 162

꿈속의 사랑 / 164

어른 아이 / 166

평론 / 170

4

힘들게 살지 말아요

인생 참 그렇다

섬진강 아라리

섬진강 맑은 물에
물새가 날고
금빛 은빛 물결 눈부신
햇살이 춤추네
백사장 고운 모래
남도 소리 청아하고
물소리 새소리 바람 소리
칠백 리 물길 따라
사랑이 흐르네
산허리 휘감아 돌며
봄소식을 나르네
흐르는 강물 따라
떠내려가는 여심이여

겨울 나그네

눈보라를 헤치고
먼 길을 걸어온 당신
모두 꽁꽁 얼었군요
외투와 모자와 장갑을 벗고
이리 난롯가로 오셔요
주전자에서 뜨거운 차를
따라 드세요
조반을 준비해 드릴게요
창가 개수대에서
손을 씻어요
풍미가 구수한 버섯 스프를
빵과 함께 드릴게요
천천히 드셔요
여기까지 어떻게 오게 되었는지
그 사연을 들려주셔요
당신 이야기를 경청할게요
당신 이야기를 들으며 반짝이는
당신 눈을 들여다볼게요
창밖엔 바람 소리가 창문을 흔들어요.

덕수궁 돌담길 따라

덕수궁 돌담길을 따라 정동교회 지나 이화여고 있다
화양연화 여고 시절 3년의 추억이
돌담길을 따라 오가던 그 길엔
가수가 되고픈 여고생의 바람이 수놓여 있다
팝송 소설 손 편지에 온통 마음 뺏긴 여고생 신애경
플레어스커트 자락 휘날리며
광화문을 누비고 다닌다
서울 시내 남고 축제장을 친구들과 순례한다
도도한 이화녀의 미소를 간직하며
뭇 남고생들의 마음을 훔치고 다녔다
낮엔 해처럼 밤엔 달처럼 내딛는 발자국들
자주색 구두 검은색 구두가 닳도록 교정을 오갔다
알록달록 보자기에 내 꿈을 모아 모아 모은다
경기여고 서울고 친구들과 광화문 MBS 방송국에서
가끔 마주치는 연예인을 보며
온갖 상상의 나래를 펴던 내가 보인다
지금도 교정을 가끔 거닐다
무슨 일로 오셨냐며 학교 수위실 아저씨가
용무를 묻는다

졸업생이라 말하고 준비해 간 캔 커피를 건넨다
새침데기 친구들이여
어디서 무엇이 되어 늙어가고 있는가
환갑 지나 유수와 같은 세월의 강물을 거슬러 올라가고 있을까
강물 따라 낮게 낮게 밀물져 흐르고 있을까
궁금하고 보고프다
봄비가 제법 내리는 월요일이 저물어 간다.

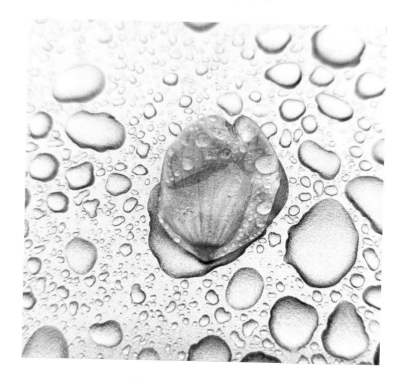

인연의 고리는 어디일까요

가슴에 묻어 둔 사람이 있나요
마음에 그리는 사람이 있나요
인생의 어느 시점에 만나게 되는
소중한 사람들이 있잖아요
그 눈과 마주친 순간 아 이건 뭐지
전율이 느껴지는 사람을 아시나요
많은 시간 사귀어 온 지인이 아닌
첫 만남 찰나의 순간이 관통하는
그런 아찔함을 아시나요
어쩔 수 없이 가슴 한 켠에 들어온
그 사람을 어찌해야 합니까
모릅니다
알 수 없습니다
그 떨림을!

널 믿어

내 손을 잡고 눈을 맞추며
낮은 목소리로 말한다
널 믿어
대답 대신 그의 눈을 들여다본다
굳이 말할 필요 있을까
그렇게 말한 지 얼마 되지 않았는데
배신 때린다
그냥 웃는다.

첫 시집 *오빠야*를 내고

시 밴드에 인도되었어요
시 밴드 공리로 활동하며
시를 읽고 필사했어요
등단 시인 오라버니 인도로
시민 강좌 서너 학기 들었어요
삐뚤삐뚤 일기 형식으로 썼어요
시가 되는지 안 되는지
뭔가 떠오르면 쓰기 시작했어요
사진을 찍고 어쭙잖은 글을 모았어요
첫 시집을 용감하게 2021. 2. 25일
1000부 출간했어요
제 시집은 2만 원이구요
울퉁불퉁 울다 넘어온 육십 년이었어요
이화여고 졸업하고 공주교대 낙방했어요
150원 들고 일찍 가출했어요
어느 육군 대위 아저씨가 오라네요
합법적인 출가를 위해
국화꽃 다섯 송이 화관을 쓰고
웨딩드레스를 입었어요
경주 이씨 호계공파 이상택 씨 맏며느리 되었어요

자발적인 고생길 시작되었어요
의사소통 안 되는 경주 촌뜨기
인희 오빠 속을 어지간히 썩였어요
다행히 착한 두 아들 덕분에 낙제는 면했어요
6명 손주 부자가 되었어요
부끄러운 허물 뿐인 낯 뜨거운 저의 이야기를
순전한 마음으로 세상에 내놓았어요
먼저 구입해서 읽은 분들의 후기가 재밌는 글이라 하시네요
부담이 안 된다면
한 권씩 구입해 주시면 고맙겠어요
부족하지만
글을 쓰며 살고픈 저의 꿈을 응원해 주셔요.

사월이 가네

햇살 고운 휴일 오후
아파트 단지를 걷는다
황혼의 어르신 나란히
앉아 벚꽃놀이한다
꽃사과나무에 가까이 가니
달콤한 꿀 냄새 난다
앙증맞은 보라색 제비꽃 싸리꽃이
수놓은 사월이 눈부시다
화살나무 홑잎 올라와 있다
벚꽃 사이 분주한 일벌들
아름다운 사월은 잔인한 사월이다
달려가는 사월을 붙잡아 볼까
맘 시린 사월을 노래하네.

팔당 온누리 백숙집

팔당역에서 가까운 이곳은
가족이 식사하기에 좋은 명소이다
담백한 오리와 닭백숙
요리는 영양 만점이다
어르신과 아이들까지
속이 편하고 맛나다
함께 곁들여지는 반찬 하나하나
깔끔하고 맛나다
가격조차 착하다
천천히 음식을 먹고 나머진 포장해가면 된다
몇 년 전 쓰러진 기식 오빠를 보러
이곳으로 약속 장소를 잡았다
먼저 와서 기다리며
강변을 걷다 쑥을 조금 캤다
시집 출간을 매듭지을 생각을 하며
다시 식당 쪽으로 걷는데
사람 좋고 선한 미소의 남정네 저기 서 있다
나를 보며 미소 짓는데
푸석푸석한 얼굴이다
재활하려 몸부림치는 기식 오빠에게

힘을 실어 보낸다
식사 내내 오빠의 앞접시에
오리와 누룽지를 올려 준다
전하고자 하는 메시지를 전달하고
남은 음식을 포장하고 나온다
팔당역까지 배웅해주며
잘 먹었다 인사를 하신다
아픈 오빠를 뒤로하고
팔당역으로 들어선다
봄 햇살 눈부신 화요일이다.

하고픈 일을 해 보는 것

한글을 익히고 책이 친구가 되다
책 속에서 만난 세상은 참으로 신비로웠다
책을 펴기 전에 꼭 책을 쓰다듬는다
표지를 읽어 보고 제목과 글쓴이와 번역가를 읽어 본다
반드시 평론 부분을 먼저 읽는다
그리고 글쓴이의 약력과 목차를 훑어본다
곳곳의 도서관은 언제나 나의 쉼터이자
지적 재산을 쌓아가는 곳이다
아무도 빼앗아 갈 수 없는
나만의 무기를 갈고 가는 곳이다
나의 조국은 6.25 전쟁 이후 무서운 속도로
발전을 거듭하고 세계로 진출했다
자랑스러운 나의 조국 사우스 코리아
이제 거리 곳곳에서
많은 세계인을 만나게 되었다
그들을 지척에서 만나며 생각에 잠긴다
책 속에서 티비에서 만나는
여행자의 이야기를 읽는다
지구를 걷는 순례자들의 이야기를
책은 사람을 만들고 사람은 책을 만든다

인류 문화유산 가운데 가장 귀한 것은 고서들이다
우린 신의 아들과 딸이다
책을 어느 때보다
가깝게 만날 수 있는 세상이 되었다
손 안의 컴퓨터에서 무엇이든
만날 수 있고 만들 수 있다
드디어 또 하고픈 일을 저지른다
4년 만에 두 번째 생활 시집을 출간한다
좋은 조건으로 계약서를 쓰고
오장동 회냉면을 대접하고 귀가하다.

봄봄봄

봄바람이 좋아
봄바람에 햇살이 포개져
대기가 훈훈해
기지개를 켜는 산천초목
그 연둣빛 세상에
연초록으로 물들어 봐
그렇게 물들며
봄을 느끼는 우리
봄나물 깨끗이 씻어
한 소쿠리 밥상에 올려
된장 찍어 고추장 찍어
봄을 씹어 봐
봄의 기운을 먹어봐
꼭꼭 씹어
천천히 천천히 씹어

명륜진사갈비

오산교회에서 예배 후
명륜진사갈비에서 점심 식사한다
아우들 친구와 함께
천천히 맛나게 웃으며
물냉면으로 마지막을 장식하고
현금으로 계산한다
영리하고 맑은 눈빛의 청년이
끄트머리 7000원을 깎아 준다
테이블에 아직 다 먹지 못한
모닝빵 버터잼 잘 말씀드려
봉지에 넣어온다
주머니 가벼운 서민들이 가성비 좋게
풍성하게 식사할 수 있는 곳이다
남긴 음식 있으면 환경 분담금
3000원 내야 한다
코로나 시기 때보다 더욱 어려운
임차인들에게 힘을 내시라고
마음으로 응원 보낸다.

애경누이
고마습니다
웃는미소는천만금이네요

삼각산 아이원 임대아파트

최 서방(서란 남편)과 연락이 닿았다
암사동에서 출발해서 4호선 미아사거리역
하나은행에서 만나기로 한다
먼저 도착해서 30분 기다리니
키가 작은 순박한 모습의 그가 나타난다
수줍은 눈빛을 띠며 내게 인사한다
점심시간이 지나가고 있길래 먼저 밥을 먹자 이끈다
된장찌개 2인분 주문하고
음식이 나올 때까지 그의 얘기를 듣는다
어눌한 말투로 미안하다며
어렵게 돈 이야기를 꺼낸다
하는 사업마다 빚만 지고 지인들
신세를 지며 지내고 있단다
전산 일을 하고 있다
필요한 금액을 물으니 빚이 많다
국가유공자 자격으로 획득한
7평 임대아파트 계약서를 보여 준다
1965년생 최희성 씨는 어려운 처지
에 놓인 지 오래된 것 같았다
장모님이 얼마 전 소천하고 장인어른

돕고 싶었다며 불효한 처지의 자신을 비관한다
최선을 다해 그의 필요 사항에
협력하리라 다짐한다
121동 708호를 보러 갔다
잠겨진 현관문 옆 창문을 세 개 열고
작은 구조의 집 안을 사진에 담다
흐드러지게 핀 벚꽃 사이로
자색 목련과 샛노란 개나리가 웃고 있다
봄바람 부는 청명 오후다.

서란에게

우리 만남은 우연이 아니다
시절 인연의 법에 따라
궐동 동문교회에서 만났지
널 처음 본 느낌은
말로 표현할 수 없었어
만감이 교차하더라
하나님의 시간표가 되었을 때
미용실 머리향기의 문을 열었어
둘 다 커트하고 염색을 했지
채소 과일 고기 화장품을 사고
택시로 이동하고 너희 현관문을 열었지
입구부터 화려하게
어질러진 방 안 풍경에 입을 다물지 못했지
그 순간부터
너와 난 영혼의 동지가 되었다
그림자처럼 연결되었지
강한 자석처럼 서로를 끌어당겼지
어여쁜 아우 서란아
우리 아버님께 이제부터
효도하며 살자 약속해!!

어려운 일에 틀림없다

공감하는 일
공감받는 일
이해하는 일
이해받는 일
용서하는 일
용서받는 일
손해보는 일
희생하는 일
기부하는 일
부모님께 효도하는 일
옆지기를 존경하는 일
자식에게 존경받는 일

삼여

개 같이 벌어 정승처럼 써라
이 의미가 무엇일까
경주 최부잣집 미담이 생각난다
6.25 동란이 일어나고
맘보 나쁜 부잣집 가솔들 다 죽였다
동학 혁명 때도 인정 없던 양반가
는 살아남지 못했다
이것이 어떤 의미인가
경제적으로 독립한다는 것은
공부를 많이 한 사람도 힘들다
규모 있는 생활하는 것
비상금 꼭 필요하다
자족해야 하는 방법을 배워야 한다
돈은 벌기도 어렵지만 잘 쓰기는 더욱 어렵다
수입 범위 내 지출도 한참 어렵다
돈의 노예가 되어 오늘 저당잡혀 산다
내일도 저당잡힐 수 있다
한 치 앞도 모르고 산다
부부 싸움과 가정이 부서지는 소리는
경제가 무너질 때다

가족 구성원 누구나 협조 안 하면
깨진 항아리 물 붓기다
아이들에게 우선 저축에 대해 가르친다
금전출납부를 쓰게 한다
뻔한 살림일 땐 가계부 쓰는 것도 우스웠다
살림 규모가 커지고 돈의
위력 앞에 무너지지 않고 산다
돈이 나를 끌고 가지 못한다
내가 돈을 움직인다
하루 중에는 저녁이
일 년은 겨울이 여유로워야 하고
일생은 노년이 여유로워야 한다
이 세 가지는 있어야 한다.

인생 참 그렇다

연애결혼 중매결혼
어느 결혼이 유지율이 좋을까
물론 중매결혼이다
오다가다 만난 사람 말고
나이트클럽에서 만난 사람 말고
결혼정보회사에서 만난 사람 말고
어른들이 소개한 사람과 만나 볼
마음먹어야 한다
결혼은 긴 세월 함께 가야 할 게임이다
손익 분기점 따지지 않아야 한다
서로의 약점을 보완해 줄 수 있으면
무엇을 더 바랄까.

게으른 자 들어오지 마라

금호 로타리 제일학원 간판에
써 있는 문구다
우연히 간판을 읽고
게으른 자에 대해 생각에 잠긴다
세상사 게으른 자 발 붙일 곳 있던가
아침형 인간으로 생활 리듬을 탄다
지금은 아닌데 젊은 시절
아들 둘 중고생 때 한번
우울증이 깊이 왔다
손 하나 까딱하기 싫었다
아이들과 남편이 출근하면
커튼 치고 전화선 뽑고 온 집안
컴컴하게 하고 이불 뒤집어 쓰고
누웠던 시절 있었다
요즘 나의 일과는 비교적 초저녁에
자고 새벽 2시 기상한다
3시간 정도 책상에 앉는다
밴드에 댓글 표정 남기며 공부한다
생활 시 몇 편 쓴다
5시쯤부터 주방으로 이동

재료 손질한다
까뮤를 틀고 노래 들으며
음식 만들 준비를 한다
쪽파 김치 양배추 물김치하고
브로콜리 시금치 데침하고 생선조림한다
7시 영감 기상 시켜 아침상 준비한다

듣는 일은

어려운 일
하기 싫은 일
직업이 아니라면
더더욱 어려운 일
세상 사람들 자기 이야기만 말하네
무엇이든 자기의 유익만 생각하네
모두 다 제 말만 들으라 하네
제 말만 옳다 하네
득과 실을 생각하며 듣네

당신의 스토리를 들려주셔요

아내 울리지 말아요

옛말에 안사람이 귀하면
처가집 말뚝에 절해요
동반자는 그래야지요
부모의 뒷모습
애들이 보고 있잖아요
아이들 앞에서 아내에게
키스해요 아이들에게 뽀뽀해요
아내 울리지 말아요
남편 애타게 하지 말아요
수입 범위 내 지출해요
가정이 위급해지면
필요한 비상금 필요해요.

어디에 서 있습니까

나의 가족과 우리의 안전은
어디에 있습니까
오늘 아침 나태주 시인의
행복을 가만히 읽어봅니다
보이지 않는 세상의 적과 싸우며
우리는 살아남을 수 있을까요
어떤 일을 하며 어떤 선택을
할지 매 순간 자신을 들여다봅니다

진짜 일부러는 아닙니다

그냥 제 마음이 그렇게
생겼나 봅니다
제가 사랑이란 시를 쓴 적 있습니다
먹이고 입히고 재우고 필요 사항
채워 주는 거라고 썼습니다
그 글 읽은 어느 분이 말했습니다
사랑이 육아냐고
사랑은 보살핌입니다
사랑은 이도 저도 아닌 보살핌입니다
사랑의 동의어는 희생입니다
길가에 민들레 봄까치꽃
작고 작은 그런 것들
아무도 돌보지 않는
아무도 돌아와 눈 맞추지 않는
그런 것들에게
실패한 낙오자들에게
자발적인 노숙자들에게
종이 박스에 누워 있는 그들에게
출소한 전과자들에게
가난한 아시아 외국인 노동자들에게

폐지 주워 모아 시장 가방 같은 수레에
싣고 밀고 가는 노인들에게
18살 되어 보육원 나온 청소년들에게
제 마음이 온통 쏠려 있습니다
진짜 일부러는 아닙니다

무지개는 있다

40일 주야로 물로 지구를
덮고 방주에서 살아난 생물들
인간 지으심을 한탄한 창조주
그는 무지개를 하늘에 건다
무지개는 어떤 의미인가
지구의 모든 생명을 다 멸해 놓고
생육하고 번성하라 하신다
주님의 말씀 안에서만이다
거르고 걸러
알곡만 창고에 거둔다는
무서운 약속의 징표
무지개는 있다.

사소한 것에 목숨 걸지 마라

내가 원해서 지구별에 오지 않았다
내가 원해서 신기석 장영자의 7남매 중
둘째로 태어나지 않았다
내가 원해서 경주 아저씨와 결혼하지 않았다
뭔가 떠밀려 생존을 위해
물속에서 무언가를 잡고 살려고 잡은 게
경주 아저씨다
정신 차리고 보니 앞뒤 좌우 철조망뿐이다
내겐 의무만 주어지고 자유는 사치다
나는 행복과 거리가 멀다
운다
억울해서
부당해서
내 맘 알아주지 않아서
운다고 더 혼난다
집 안에서도 외롭고 집 밖에서도 외롭다
힘들어서 교회 문 열고 들어가 앉았더니
그곳에도 날 시샘한다
내가 쉴 곳은 어디일까?

오래 길게

가늘고 길게라고 해야 하나
오래 길게에 주목한다
무병장수 바라는 뻔녀 아니다
어제 갑장 친구의 부고를 들었다
아 허탈하다
하늘 쳐다본다
내가 지금 무엇을 하고 있는 거지
사인 심장마비
나의 사인도 심장마비였으면
얼마나 남았을까
계수할 수 있다는데!

괜찮아, 괜찮아

미션 여고인 이화여고를
들어갈 수 있었던 것은
내 실력이 아니다
순전히 운빨이다
서울에선 1958년부터(고교평준화)
일반고는 추첨으로 고등학교에 입학한다
1957년생이 마지막으로
입시를 통해 고등학교에 진학한 세대다
운칠기삼 난 운이 좋다
봉천여중 3회 졸업생인데
당시 추첨으로 이화여고 교정에서
여고 시절 삼 년을 보낼 수 있었다
이때가 내 인생의 절정이었다
우곡(우정의 골짜기)이란
문학 서클에 가입했다
역사가 꽤 있는 서클이다
이화여고 서울고 학생들이
가톨릭 회관에서 매주 만나
기라성 같은 선배님들의 애정을
듬뿍 받으며 문학에 심취한다

한국 단편 중편 장편 소설을 공부한다
우리 때는 학교에서 허락한
클럽들이 다양하게 있었다
당시 광화문 근처엔
경기여고 이화여고 서울고 배재고는 이웃집이었다
덕수궁 돌담길 따라 오가던
새침한 여고생인 나는
소아마비 배제고 남학생을
남몰래 사모하고 있었다
짝사랑 대가 신애경이다.

변화, 나부터 시작

춘삼월 어느 날 화가 친구 연락 온다
서산 수선화 여행 같이 가자고
출발지가 시청역 8번 출구 앞 오전 6시 반이라고
집에서 가까운 곳이 출발지라
영감이 픽업해 준다
주말 아침 일찍
우리 집 꼬마 차를 타고 6시 15분에 도착한다
서산 수선화 여행은
서산시의 지원을 50퍼센트 받아
29900원 내고 가는 당일 코스 여행이다
시청역 8번 출구엔 이미 여러 대의 관광버스가
나란히 정렬되어 있다
가이드에게 어느 버스인지 연락했다
우리는 신동아 관광버스다
버스 앞 유리창에 여행스케치 서산 수선화라 써 있다
인상 좋은 기사님
어여쁜 가이드
버스 번호를 찍어 둔다
친구가 나를 기다려 준다
토요일 날씨가 우리 여행을 빛나게 해 주었다

전날 밤 퍼붓던 봄비가 그쳤다
친구랑 콧바람 쐬러 나들이하는
기분을 만끽하는데
화가 친구는
수선화가 피었을까 궁금해한다
친구는 마스크 선글라스 모자를 쓰고 왔다
난 편한 운동복차림으로 간다
서산 수선화 보고
황금산 코끼리 바위를 보고
삼길포항을 거쳐
교대역 시청역으로 되돌아오는 코스다
서산시장에서 친구가 사 주는 점심 먹고 시장을 본다
머위 미나리 달래 고춧가루 표고맛간장
들기름 돌미나리 무 2개 구입한다
서산 시청2 주차장으로
부지런히 되돌아 버스에 오른다
서산시에 낼 서류에 사인하고
세 번 단체 사진을 찍는다
버스 안은 비교적 조용하고 쾌적하다
목소리 큰 나를 자주 낮은 목소리로

말하라 해서 귓속말로 말한다
용산에서 30대 만난 사회 친구는
야무진 솜씨로 그림을 그리고 산다
친구 덕분에 곳곳에 펼쳐진 춘삼월
풍경을 만끽하고 온다
시청역으로 픽업 온 영감에게
잘 다녀왔노라 인사한다
양갱 6개를 나에게 주고 친구는
교대역에서 내려 수원으로 향한다
두 번이나 충전해 주신 기사님과
가이드에게 작은 선물을 드리고 하차한다
당일 코스 여행 사이사이
기도하며 걷다 찍다 걷다 찍다....

어느 택시 기사의 이야기

앞좌석을 바짝 끌어놓고
뒷좌석을 넓은 귀빈석으로 만들고
손님을 맞이하는 택시 기사
타는 손님 한 분 한 분을 귀인으로
반기는 머리 희끗한 노신사
젊은 시절엔 어느 강단에서
학생들에 둘러싸여 있었대
돈 벌려고 일하지 말라 하네
천천히 삶을 노래하네
일흔 나이 무색할 단정한 음성과
가지런한 뒷모습에 귀까지 잘생기셨네
훈련원공원까지 가는 동안
엘리자베스 여왕이 된 듯한
기분이었네.

인생은 짧고

사랑할 시간은 더 짧다
밴드에 댓글 달다 여기서 멈춘다
여일하게 새벽 2시 기상한다
물 마시고 책상에 앉다
까뮈의 음악 들으며 밴드에 댓글 달고
카톡방에 들어가 댓글 단다
오늘은 재하의 목소리로 애수를 듣는다
카톡으로 질문한다
금호스포츠센터 내가 속한
점프클럽 66년생 임 대표님께
경애 언니가 알려 준 그 일
질문한다 아니라 응답한다
(연세 많고 운전 못 하니 한양대 병원
몇 번 모셔 가고 모셔 왔다고
윤진 총무가 더 고생했다고)
경애 언니가 점심에
신당 시장에서 족발 막국수 계란찜
사 주며 이런저런 이야기한다
난 아니라고 아니라고 대답한다
그럴 리 없다고
역시 예상대로 임 대표님 응답하신다

아니라고 그 상황을 설명하신다
인숙 언니 고관절 수술할 때
한양대 병원 통원 시 도와주신 것뿐이라고
그럼 그렇지
누가 누굴 좋아하는 게 무슨 죄일까
아니라 생각한다
남 보기에 남의 눈 의식해서
남몰래 짝사랑만 하다 대부분은 지구를 떠났다
첫사랑 끝사랑 긴 인생길에
만나는 시절 인연들의 부딪힘과 스침
사랑이란 직물의 뒷면이다
양탄자의 앞면을 보라 아름답다
그러나 뒷면은 어떤가
인간의 욕망은 뒷면이다
자제 절제하지 않으면 추하다
사랑을 무엇으로 승화시킬 것인가
하나님 사랑 이웃사랑으로 불타올라 볼까보다
인생은 짧고 사랑할 시간은 더 짧다
매 순간 사랑하라!
사랑하라!

가난한 연인

지하철에서
선한 눈빛의 청년이 바라봐요
간절한 눈빛의 그 남자 그 여자를
따라 내려요
손 시린 겨울날 손 잡고 걸어요
이런저런 이야기 나누어요
가난한 연인은 신발을 들고
여인숙으로 들어가요
그녀를 안고 언 몸을 녹여요
연꽃 봉오리 닮은 그녀
품에 안고 잠들어요
새근새근 잠든
그녀의 얼굴을 한참 바라봐요
지그시 눈을 감아요

당신의 스토리를 들려주세요

인류는 생존을 위해
수렵시대를 거쳐 농경시대를 거친다
땅을 기반으로 귀족시대가 펼쳐진다
노비들의 노동 착취 당한다
산업 혁명 시대엔
노동자들이 형편없는 노임으로
입에 풀칠하기도 힘들다
아날로그에서 디지털시대가 도래한다
2G 3G 4G 5G 시대다
4차 산업 혁명 시대 인공지능 AI 시대에
살고 있는 지구촌 가족의 현실은
유사 이래 본 적도 없는 풍경들이 펼쳐진다
40퍼센트의 노동력을 로봇과
인공지능 AI가 대신한다
로봇에게 일자리를 빼앗긴 사람들은
피켓을 들고 거리로 나온다
시위한다 노동의 개념이 바뀐다
2024년 갑진년 격동하는 세상엔
어찌 적응하며 무엇을 준비하며 살아야 할까

다 같이 고민해 봐야 한다
이야기가 돈이 되는 세상이다
하는 일이 사회적 가치를 나눌 수
있어야 한다

살맛 나는 일

세상살이 어떻게 하면 즐거울까
내 편이 있어야 해
내 편을 만들어
마음을 얻어야 해
마음을 읽을 줄 알아야 해
마음을 어루만져 주는 일
마음을 다독이는 일.

아직 내가 싫어요

그러니까 공부해요
그러니까 운동해요
그러니까 침묵해요
그러니까 지치면 안 돼요
그러니까 웃어야 해요.

안동역에서

대한민국을 강타한 진성의 안동역에서
국민 모두 떼창한다
연이어 발표된
보릿고개도 인기 일순위다
따라 부르면 왠지 모르게 살짝
엉덩이와 어깨가 들썩거린다
아득히 먼 과거로 돌아가 본다
서울 산악회 신입 시절
얌전하게 앉아 있는데
달리는 관광버스 안에서 노래방 마이크가 켜진다
언니 오빠 노래 감상하며 새우깡 먹고 있는데
총무 언니 왈
신입도 노래 한 곡 하라 마이크 건넨다
안동역에서 시원하게 뽑아 본다.

치킨 두 마리

마당엔 아이들이 뛰어논다
엎어져 울면 할머니가 호호해 준다
가을 햇살 아래 엄마는
고추와 가지를 따다 뚝딱뚝딱 반찬을 한다
귀가하는 아빠 손에 프라이드치킨
두 마리가 들려 있다
시아버지가 논두렁 한 바퀴 돌고
대문에 들어서면
저녁 밥상이 차려진다.

이른 비 늦은 비

뜻한 바 있어 오산 궐동
동문 교회에 다닌다
왕복 오가는 데만 4시간이다
이화여고 1학년 때부터
초등 동창들과 교회를 다녔다
고교 졸업 후 군부대 사단교회를 다니며
군목의 설교를 들었다
남편 제대 후에도 집에서 가까운 교회 다녔다
나의 새댁 패션은 이랬다
비라도 오면 업고 걸리고
성경책 가방 들고 우산 챙겨야 했다
경주 내남 용장리 백양골 선비 남편은
교회 같이 가지 않는다
시가에서 예수 믿는 사람은
사람 취급하지 않는다
제사 일등으로 모시는 경주 풍습이다
양가 반대 무릅쓰고 결혼하니
시아버지 왈
너만 조용히 다니고
애비랑 손주들은 전도하지 말란다

애비가 피땀 흘려 번 돈은
십일조 내지 말란다
세월이 흐르고
두 아들은 교회 다니고
며느리 교회 다닌다
각각 둘 넷 아이들 키우며 복음대로 산다
술 담배 안 하는 세 남자가 좋다
물론 영감은 아직도 교회 다니지 않는다
그래도 내가 교회 다니는 건
뭐라 하지 않는다
동문교회에서
사모님과 권사님이 전도한 서란 씨는
예수님의 모습으로 교회를 다닌다

신토정비결

집을 나왔어요
합법적 가출을
제안받고 생각해요
손해 볼 거 없다고
판단이 들었어요
하지만 현실은
고달팠어요
맘 붙일 데 없었어요
너만 잘하면 된대요
모든 것은 제 손에
달린 건가 봐요
꾀부리지 않고
시키는 대로 했어요
그럼 말년이라도
좋은 거죠
믿고 싶어요 제발!!

기다림에 대하여

적당히 좀 해요

눈에는 눈
이에는 이
그렇게 살지 말라고 하네요
지는 게 이기는 거라 하네요
예스 노우 정확한 나
그것이 주위를 힘들게 해요
눈치껏 소신껏 적당히
그 자리를 피하면 돼요
얼굴 표정 잘 유지해요
미소 지으며 눈인사해요
얼른 그곳에서 빠져나와요
그리고 나만의
세계로 들어가요
심심하면 또 그룹 속으로
들어가구요
조금 놀다 다시 제자리로
돌아오면 돼요.

귀갓길 보광동 풍경

주말이다
양배추 물김치를 옆집
권사님께 드린다
저녁에 귀가해 보니
김치통을 씻어 창고에 넣어 두셨다
오늘 바깥 온도 영상 17도까지 오른다니
가벼운 옷차림으로 길을 나선다
김 박사님께 중고 김치냉장고와
냉장고를 구입한다
현관 밖에 설치해 달라 주문한다
동문교회 가족을 위한
반찬 서너 가지를 준비하고
금호체육관으로 출발한다
오늘은 누가 왔을까
점프클럽 명단을 살피며 체크한다
주말반 점프클럽 가족이
혼복 게임을 하고
한쪽 코트에서 레슨을 받고 있다
스트레칭으로 몸을 풀고
코트에 내려선다
남복 응원하고 여복 한 게임 하다

5시 넘어 금호동 남문시장에서
2016 버스로 보광동 삼성 리버빌
아파트에서 하차
귀갓길 눈에 익은
정겨운 보광동 길을 담는다
하룻길을 다 돌아 DC땡마트에서
시트지 2미터 외 이것저것
생활소품을 구입한다
친절한 알바 학생과 폰 밧데리
충전할 때까지 이야기 나누고
현금가로 이체시킨다
아가씨와 나의 공통점은
폰 중독자라는 것
밧데리가 떨어져 가면 불안하다는 것
기상 알람부터 하루 시간표와
온갖 메모와 나의 모든 정보
가득한 손 안의 컴퓨터 삼성
S20울트라는 진짜 애인이다
나태주의 행복을 가만히 낭송하며
골목길로 들어서다

이현우 책방지기는 부지런하다

10시 출근하여 밤 10시까지 책방을 운영한다
매일 책을 읽고 글을 쓴다
그는 글을 쓰며 작가와 독자의 접점으로 북토크를 운영한다
독자와 책을 읽고 쓰며
마음을 나눌 수 있는 손님들을 오늘도 기다린다
그는 영화 어바웃타임을 좋아한다
전 세계에 있는 책을 다 읽고 싶다고 주인공이 말한다
책을 읽고 쓰면 추론하는 능력이 생긴다
요새 사람들은 손해 보는 것을 싫어한다
돈 쓰고 시간 낭비하는 걸 거의 혐오스러워한다
그래서 책방지기는 부지런하다
독립서점에 대해 네이버에서 공부한다
이현우 씨의
독립서점 이야기를 읽다.

사랑받지 못하는 여자는

마귀가 된다고 하네요
여자의 잘못일까요
매 맞으며 시집살이하고
아이 낳아 기르고
부엌에서 물 말아
밥 한술 뜨면서
눈물로 살아냈어요
이런 남정네가 바깥에 나가면
남의 여자 데리고 다니며
맛난 거 사 먹이고 옷 사 주며
자가용에 태워 드라이브 시켜줘요
벌을 받아야겠죠
똑같이 맞아봐야 해요
멸시 천대 구박 받아야 해요
가정 폭력 신고하면
경찰 아저씨도 무마시키려
했던 시절 있었어요
자기 아내 대하듯
사회 나와서도 여자
우습게 하대하는

남정네들 아직 있어요
세상이 달라졌어요
쉼터로 아이들 데리고
나가면 돼요
1336 국가가 보호해 줘요
여자의 적을 누가 만들었나요
국회 계신 분들은 사회의 근간이 되는
가정폭력 가중처벌법 제정해 주셔요
법원에선 무겁게 벌 내려 주셔요
어린이 여자 노인
우선 보호대상이에요.
상식적인 세상에서 살고파요
나쁜 남정네들 명심하세요
당신 집에도
할머니 엄니 누이 있다는 사실을!

태풍 소식이 들려오는데

카카오 뮤직을 듣는다
뮤친방에서 모셔온 곡이다
요즘 시에 푹 빠져 산다
필사해 놓은 시를 다시 읽어 본다
시조 시인 민병도의 글을 읽는다
시인의 이력도 꼼꼼히 읽는다
이호우 이영도 유치환
시인의 일생을 들여다본다
얼마나 아름다운가
손 안의 컴퓨터 스마트 폰의 혜택을
누리지 않는 이가 어디 있을까
독서당 도서관에서
박성우 시인의 글을 맛나게 읽었다
며칠 전 영국에서 한 달 가까이 보내고
귀국한 주 선생님이
현지 사진을 몇 장 보내 주신다
섬세한 눈길이 잡아낸 풍경들이 아름답다
지인이 보낸 사진 한 장
예쁜 글과 아침 인사가 날 미소 짓게 한다
한 컷 한 컷 정성 담아 온 사진들은

밴드에 정리한다
태풍 소식이 한반도를 덮쳐 온다
강풍과 폭우가 두렵다
지은 죄가 많다.

가까이에 있어요

시를 좋아하세요
짧은 글 시가 좋아요
고교 시절 등단한 문정희 시인의
글부터 마을 회관 할머니 글까지
전철 승강장에 있어요
시골 버스 정류장에 있어요
기차 대합실에 있어요
학교 담벼락에 있어요
연수원 산책로에 있어요
수락산 입구엔
천상병 시인의 글이 있어요
동네 호프집 벽에도 있어요
그 어디서나 만나요
초등생이 쓴 동시 읽다
눈물이 핑그르 돌아요
펴지지 않는 살림살이
바람 잘 날 없는 소식들
견딜 만해요
시를 읽고
시를 필사하고

시를 읊조려요
시를 읽으며
필자를 떠올려요.

폭풍 속에서

폭풍 속에서 살아남아
별이 될까
별이 되어 또 다른 별을
탄생시킬까
이만큼 살아 보면
세상살이 보일까
지상의 일을 생각해 보고
하늘의 일을 생각해 보다.

자식 어려운 줄 알아라

아버지가 말씀하셨지
어린 자식들 앞에서
말다툼하지 말아라
서로 비방하지 말아라
속내 털어놓는 철부지
딸에게 하시는 말씀
재민이 재원이 어려운
줄 알아라.

언어가 예쁜 사람

표준말에 반듯한 음성으로
말하는 서울 아가씨 이쁘다
말주변 없는 경상도 남정네
내 손을 잡는다
예스 노우 정확한 서울 여자
시골 남자 어쩔 줄 모른다
말 안 해도 안다
말이 다가 아니란 것을
눈비 온몸으로 맞는다
묵묵히 걷는 시골 선비의
뚝심을 냉정히 지켜본다
새침데기 서울댁 미소 짓는다.

물 들어올 때 배 띄워라

영차
힘을 내
나에게도 드디어 학수고대한
기회 생겼다
힘든 일도 한꺼번에
좋은 일도 한꺼번에
쓰나미처럼 몰려온다
정신 집중 마음을 모은다
우선순위를 정하고
순서를 정한다
급할 게 무언가
나 할매다 그것도 59 돼지
살 만큼 살았다
결혼 생활 46년 차
그 세월의 험한 강물 건넜다
최종 종착지는 어디일까
가 보자 천국으로....

현명한 사람은

뿌리를 아는 사람이다
창조주 여호와 하나님과
그의 피조물인 내가 어떤
관계인가를 깨닫고
그분의 지혜를 구하며
그분을 기쁘게 하는 삶을
살아 내는 것이다
먼 길을 돌아 주님을 만났다.

조조할인 버스 타다

정류장에 정차한 후
일어나 하차하세요
제발 일어나지 마세요
넘어집니다
운전석 뒷자리에 붙은 안내
문구가 돋보인다
골목을 나서며 새벽을 담는다
오늘은 재활용품 수거를
강남 용역 아저씨들이 한다
아저씨께 아침 인사 건네고
가방에서 초콜릿통을 드렸다
버스를 기다리는데 바지런한
옆집 권사님 시장 가방 패션으로
이태원역을 향해 잰걸음한다
새벽을 여는 사람들 사이로
취객이 보인다
이번 정류장은 충무로역
1번 출구 대한극장입니다.

기다림에 대하여

하늘은 푸르고
바람은 시원하고
하늘엔 반달이 뜨고
어둑어둑 해가 진다
지아비를 기다리고
아들딸을 기다리고
저녁을 준비하는 시간이다
나이가 든다는 것은
누군가를 기다리는 시간이다

고봉밥

일터에서 귀가한 가족들
도서관에서 귀가한 아들딸
휴가 나온 아들
밥솥 열어 고봉밥 담는다
고소한 밥 냄새 가득한 밥상
고봉밥 위에 미소 한 줌 얹는다

삼모작이다

믿어지지 않는
좋은 세월이 왔다
개인차가 있지만
장수 모드로 진입하다
일모작 이모작 삼모작
농사를 어찌 지을까
가장 의미 있는 일은 무엇일까
하루 일정표를 들여다본다
카톡 인사를 나눈다
캘린더에 가족 생일을 기록한다
손주들 생각에 미소 짓는다
며느리 생각에 미소 짓는다
형제들 얼굴이 떠오른다
시금치 데쳐 나물 반찬 만들고
알배추 넣어 된장국 끓인다
소풍 같은 인생길이다

꿈꾸는 노후

좋아하는 일이 직업이 되면
얼마나 좋을까요
어려운 이웃을 생각해요
나눔과 봉사가 일상이 되는
노후 어떠세요
지구촌 어려운 이웃을 찾아가요
산 너머 있는 친구를 찾아가는
마음으로 작은 선물을 들고 가요
매일 매일 그들을 생각해요
그들을 위해 기도해요
제가 꿈꾸는 노후예요
외로움과 그리움이 인생이잖아요
그들과 우정을 가꿀 거예요
재밌게 살 거예요
어울려 살 거예요

자색 목련화

눈부신 봄볕에 하늘 높이

키 큰 자색 목련화 앞에 서다

원동 한전 뜰에 한가득 꽃봉오리 열다

이렇게 고운 자색 목련화 어찌 표현할까

순백의 백목련하곤 다르다

봄의 정원에 화사한 자색

꽃등을 달아주는 자색 목련화

빈 가지에 먼저 꽃을 피워주는구나

아직 매운 봄바람을 꾹 참고

꽃봉오리 열어주는 너

목련화야 목련화야 자색 목련화야

너를 바라보며 나도 새 봄날 무엇을

피워볼까 생각해

너의 꽃말은 고귀함이지

기억할게

여인의 눈물

사랑이 사랑으로 남아 있나요
주현미가 부르는 노래
김희재가 부르네
제목을 적고 바로 까뮤에 올리네
듣고 듣고 듣고 듣는다
따라 불러보니 쉽지 않네
아아 구름처럼 끝도 없이 떠나가는가
누군가의 사연이 노래가 되고
메아리 되어 고전이 되는 대중가요
가사를 곱씹어보며 불러보네
가슴이 먹먹하네
눈물이 차오르네

125

싱그러운 청춘을 위하여

아프니까 청춘이다
어느 시기인들 아픔 없을까
여기저기 청첩장이 온다
기쁜 소식이다
청춘들의 앞날에 축복을 빌어본다
부디 거센 파도가 몰아쳐도
두 손 꼭 잡고 파도를 타야한다
화촉을 밝히는 양가의 기대와
친구들의 축복속에 이제 첫발을
내딛는다 호흡을 잘 맞출 있기를 빈다
파트너 쉽이 필수다
웨딩마치 따라 걷는 순백의 신부와
신랑이 서로 깊이 사랑하길
먼발치에서 빌어본다

힘들게 살지 말아요

이른 비 늦은 비

낮과 밤의 길이가 같은 춘분이다
단비가 내린다
목마른 대지와 생명들에게
흠뻑 마실 물을 준다
모든 생명의 근원이다
목마름을 해갈해 준다
고마운 봄비가 대지를 적셔 준다
물기를 머금은 대지에 초록의
생명이 싹을 틔운다
고개 내밀어 대지를
초록의 바다로 덮는다
하루하루
농부의 마음으로 살아간다
이웃사촌의 정이
맑은 수로를 따라
흘러내렸으면 좋겠다.

사람보다 귀한 선물은 없어요

누구라도 좋은 친구 필요해요
우리 모두의 바람이지요
사람 안에 모든 것 다 들어 있어요
대화가 되고 의사소통이 된다면
순박한 미소가 피어나요
우정을 가꿀 줄 안다면
그 사람은 보물이지요.

엎드리면 보여요

길가의 민들레가 올려다보고 있어요
보도블록 용케 비집고 웃고 있어요
이 앙증맞은 봄의 전령사
민들레 사랑입니다
세상의 보물은
엎드려 자세히 보아야 해요
그래야 보여요
다가가 곁에 눈 맞춤해야 보여요
봄까치꽃이 깨알처럼 피어났어요
방긋 웃는 그 어린 꽃을
밟지 말아요
엎드리면 보여요
가족의 밥상에 오를 봄나물도
엎드리면 보여요

파리에서 도시락을 파는 여자

애청하는 프로 아침마당에 켈리 최가 나왔다
청바지에 연분홍 진달래
상의를 멋지게 걸치고 나왔다
53세라고 믿기지 않는 멋진 사업가다
그녀의 이야기에 귀 기울였다
성공한 사업가로서 자선과 기부에도 큰손이다
유럽 지도에
그녀의 도시락 매장이 가득하다
전북 정읍인 고향에서 중학교만 졸업하고
16세에 상경해서 주경야독하며
꿈을 향해 직진했다
젊은이들에게 꿈을 심어 주는 그녀다
파리에서 도시락을 파는 여자
꿈꾼 만큼 날아올라
우뚝 선 그녀가 자랑스럽다.

세상을 품은 아이들

가정과 학교 사회에서 탈출한 청소년들
그들에게 손 내민 명성진 목사
그들의 이야기를 들어주는 목자
대안학교 재단의 어른이
사역지를 헌납한다
작은 부천 둥지에서
포천 일동으로 옮긴다
운동장 교실 숙소 식당
공연장이 갖춰진 넓은 보금자리
올해의 아쇼카 펠로 세상을 품은
아이들 아버지 명성진 목사
위기의 청소년들과 아름다운 동거
그리고 자립까지
어린 영혼들의 이야기에
귀 기울여보자
희망의 훈풍이 분다.

힘들게 살지 말아요

봄밤이 깊어가는 새벽 시간에
서란 아버님의 메시지를 받다
부모가 되어 자식이 망가진 모습을
지켜보는 아픔을 자식들은 알까
나 역시 누군가의 고통의
근원이 되었던 시절이 있었다
아무도 자신의 인생을 대신 살아 줄 수 없다
오롯이 주어진 길을 가야 한다
하늘은 스스로 돕는 자를 돕는다
하늘을 바라보며 주님께 기도한다
내 뜻대로 마옵시고 주님의 뜻대로 살다 가게 하소서
어느 누구도 혼자 살 수 없다
우린 좋은 이웃사촌이 되어야 한다
서로에게 디딤돌이 되어야 한다
사랑만이 허다한 허물을 덮을 수 있다
사랑 없이 어찌 희망을 말할 수 있을까
사랑은 희생이다
가치 있는 희생인 것이다
우리의 죄를 위해 기꺼이 대속 제물이
되어 주신 창조주 하나님의 사랑을 기억하자

보혜사 성령님의 가르침을 떠올려 보자
믿음의 분량을 날마다 키워 보자
창조주의 뜻대로 살아가는 것은 힘든 게 아니다
터닝 포인트는 희망의 지름길이다

우리가 서로 사랑해야 하는 이유

우리 모두 60대 70대예요
인생의 쓴맛을 맛보았어요
대부분 할배 할매죠
프사엔 손주 손녀 사진으로 도배되어 있어요
사별 이혼 등등 사유로 혼자
사는 1인 가구도 많아요
싱글로 사는 거 흠 아니에요
손주를 돌보는 친구들도 많아요
바쁜 아들딸 위해 살림을 도와주기도 해요
노후를 위해 직장 다녀요
100세를 향해 달리는 우리죠
조금 있으면 경로우대증도 나와요
생일 한 달 전 노령연금 신청해요
슬슬 병원 가는 일이 잦아져요
혹 한편이 쓰러지면
간병비 치료비 장난 아니에요
어제까지 연락된 친구들이
유명을 달리해요
과로하지 말아요
스트레스 받지 말아요

어떤 성적표를 받았든지
순응하며 인정하기로 해요
마음의 여유는 어디서 오는 걸까요
각자 어떻게 먹고 어떻게
운동해야 하는지 알고 있어요
부모님이 아직 곁에 계시나요
부모님은 우리의 미래죠
자족하고 독서하고 운동하고
모임에도 활발하게 다녀요
오늘 만난 사람들은
우리의 보물 같은 친구예요
서로 덕담하며 응원해요
따뜻한 악수를 해요
가족들 귀하게 여기며 살아요

60초 쉬고 말해요

배드민턴 운동 후 샤워하고
7명이 약수동 해물텀벙집으로
밥 먹으로 갔다
아귀찜 중 소 시키고
소주 맥주 막걸리로 건배를 한다
화기애애 이야기꽃 피우고
서로에게 어떤 시점에서 만난
이야기를 나눈다
얼굴이 달아오른다는 성자 씨 말에
내가 보니 아닌데 하고 말한다
옆자리에 앉은 대표님이
다 참견 말고 가만있으라 한다
쫑크 주신다 아차 말이 많았나 보다
식사 마치고 내가 노래방으로 모셨다
열창하는 모습을 폰에 담아 본다
잠시 한 시간 웃다 귀가했다

찾습니다

이런 길동무를 찾습니다
시를 좋아하고
그림을 좋아하고
노래를 좋아하고
라디오 FM을 좋아하고
산책을 좋아하고
사진을 좋아하고
눈빛이 맑고
미소가 풋풋한 친구를 찾습니다

스타와 매니저

만인의 연인 스타
스타를 돕는 매니저가
아침마당에 나왔다
그들의 이야기를 들으며
미소 짓는다
스타와 매니저는 아름다운
특별한 관계다
스타의 일정을 챙긴다
스타의 의상 식사와
간식까지 준비한다
매니저란 직종은
아무나 도전할 수 없다
매니저를 챙기는 스타가 아름답다
오랫동안 함께 길을 걷는
그들의 우정이 돋보인다
디테일하게 챙긴다
매니저는 만능 재주꾼이다

MC 허참에 대하여

아내는 지금 노래를 듣고 들어요
아내는 오늘도 외출한대요
가사가 기가 막혀요
작곡은 정원수 씨가
작사는 박은희 씨가
2020년 만들었어요
1949년 황해도에서 출생하고
부산에서 성장했어요
본명은 이상룡이구요
KBS 가족오락관 MC로 25년간 진행했어요
최종학력은 중앙대 국제경영대학원 석사래요
아내는 지금 노래가 뜨기 전 간암으로 투병 중
2022. 1. 73세로 우리 곁을 떠났어요
유언으로 강진 씨에게 리메이크 부탁했대요
유명 방송인 가수 배우였던
허참 씨가 그리워요
제 까뮤에 올려두고 듣고 들어요

상생의 법칙

저 집이 살아야
내 집이 산다
경주 부자 최씨 가문의
소작농의 말이다
우리 삶의 가치가 되길
자존심과 품위를 지키자
올곧음과 따뜻한 배려
선비정신으로 살자
도덕적 책임과 솔선수범
이것이 노블리스 오블리주
칼럼니스트 조용헌 교수님이 말한다

조심조심

누가 우릴 울리는가
믿었던 사람
가까운 사람
우릴 아프게 하는 사람들
남이 아닌 가족이다
남이 아닌 혈연이다
믿었던 친구들이다
사고의 관점 바꾸어야 한다

쓸 수 있을까요?

언제나 물리지 않는 집밥 같은 글을
된장 고추장 간장같이 짭조름한 글을
속성으로 맛을 내는 양념 맛이 아닌 글을
시간 정성 햇살이 빚어내는 묵을수록
깊어지는 장맛 같은 글을
그런 글은 어찌 써야 할까요
곰삭은 젓국 같은 글을
청국장 같은 글을
바글바글 끓는 뚝배기 같은 글을

걷고 싶어요

둘이서 오색시장 걷고 싶어요
둘이서 오산천 걷고 싶어요
둘이서 오산대학교 걷고 싶어요
둘이서 경기대로 걷고 싶어요
둘이서 동네 한 바퀴 걷고 싶어요
길가의 풍경이 아름다워요
사람 사는 풍경이 애잔하잖아요
그런데
오롯이 혼자 걷는 산책길이
진짜 좋아요

꿈속의 사랑

매운 날씨에 꽁꽁 언 내 손과
거친 당신 손을 부여잡고
기도로 하루를 시작하는
연인이 되고 싶습니다

멀리 떨어진 마을에서 아침이면
새소리와 함께 당신과 하루를
시작하고 싶습니다

언 땅 뚫고 나온 냉이와 달래를
무쳐서 소박한 밥상을 나누고
싶습니다

며칠 만에 나온 오일장을 돌며
당신이 좋아하는 자반 한 손을
기름종이에 사서 돌아가고
싶습니다

들판에 핀 꽃들을 가득 따서
항아리에 소복이 담아 당신
책상에 두고 싶습니다

곤한 낮잠에 빠져든 당신 보며
노란 호박전을 부치고 싶습니다

노을이 지고 하늘에 별들이 하나둘
뜨면 국화차 한 잔을 나누며
이런저런 이야기보따리 풀고
싶습니다

당신은 어디 계십니까
당신을 기다리는 저를 알고 계십니까
당신은 내 가슴에 별이 되어
오늘도 반짝이는데

어른 아이

어린시절이 따사롭지 않은
어른들은 허허롭다
유년의 배고픔이 노년의
허기짐으로 다가온다
그들은 더이상 어른이 아니다
어른 아이일뿐이다
지금 대한민국은 어른투성이다

시평

일상을 시적詩的으로 관조한 미학

– 신애경 제2시집『샛별처럼』론

박 종 래

시인 문학평론가

문학은 언어를 통해 자아 내면의 철학성을 드러내는 예술의 한 장르이다. 더구나 시는 자신의 마음을 닦는 거울이라 볼 수 있다. 그 가운데서도 존재론적인 탐구의 모습을 저자 나름대로 사유를 통한 직유 은유로 표현한다.

성경의 시편이나, 공자의 시경에 '詩三百思無邪' – "시를 삼백 편 읽으면 마음속에 사악한 생각이 사라진다"라고 했다. 또한 학문 전반에 걸친 백과전서적 학자인 고대 그리스의 철학자 아리스토텔레스의 관념론과 유물론의 이면성은 후세의 철학사상에 깊은 영향을 끼쳤다. 자신의 경험에서 얻은 인생관, 세계관, 신조에서 얻은 철학적 요소가 시적 형성에 접목되는 것이다.

따라서 시적 표현의 핵심을 본다면, 갈래, 성격, 제재, 주제, 특징으로 구분한다. 신애경 시인의 시는 주로 자유시, 서정시로 가늠할 수 있다. 시적 성격을 구분해 보면 고백적 ,성찰적, 의지적, 관조적, 상징적으로 이루어졌다고 볼 수 있다.

시적 룰의 틀이 기준으로 하는 것이 아니라 편지 쓰듯, 생활일기 기록하듯 자유분방하다. 그래서인지 미사여구 등 잘 꾸미려고 하지 않고 오히려 소탈한 친구의 고백 편지를 읽는 듯해 친근해진다.

친근하게 공감되는 시 몇 편을 선정해 함께 탐독해 보기로 한다.

덕수궁 돌담길을 따라 정동교회 지나 이화여고 있다
화양연화 여고 시절 3년의 추억이
돌담길을 따라 오가던 그 길엔
가수가 되고픈 여고생의 바람이 수놓여 있다
팝송 소설 손 편지에 온통 마음 뺏긴 여고생 신애경
플레어스커트 자락 휘날리며
광화문을 누비고 다닌다
서울 시내 남고 축제장을 친구들과 순례한다
도도한 이화녀의 미소를 간직하며
뭇 남고생들의 마음을 훔치고 다녔다
낮엔 해처럼 밤엔 달처럼 내딛는 발자국들
자주색 구두 검은색 구두가 닳도록 교정을 오갔다
알록달록 보자기에 내 꿈을 모아 모아 모은다
경기여고 서울고 친구들과 광화문 MBS 방송국에서
가끔 마주치는 연예인을 보며
온갖 상상의 나래를 펴던 내가 보인다
지금도 교정을 가끔 거닌다
무슨 일로 오셨냐며 학교 수위실 아저씨가
용무를 묻는다

졸업생이라 말하고 준비해 간 캔 커피를 건넨다
새침데기 친구들이여
어디서 무엇이 되어 늙어가고 있는가
환갑 지나 유수와 같은 세월의 강물을 거슬러 올라가고 있을까
강물 따라 낮게 낮게 밀물져 흐르고 있을까
궁금하고 보고프다
봄비가 제법 내리는 월요일이 저물어 간다.

- 「덕수궁 돌담길 따라」 전문

　덕수궁 하니 돌담길 돌아서면~ 하는 추억의 유행가 가사가 떠오
른다. 그만큼 많은 이들의 머리에 각인되어 있을 것이다. 봄비가 오는
날이면 만물 중에서 가장 반기는 이가 누구겠는가. 아마 초목일 것이
다. 그리고 청춘 시절을 그리워하는 중년들의 모습이 아닐까.
　'화양연화 여고 시절 3년의 추억이/돌담길을 따라 오가던 그 길엔/
가수가 되고픈 여고생의 바람이 수놓여 있다/팝송 소설 손 편지에
온통 마음 뺏긴 여고생 신애경/플레어스커트 자락 휘날리며/광화문
을 누비고 다닌다/서울 시내 남고 축제장을 친구들과 순례한다/도도
한 이화녀의 미소를 간직하며/뭇 남고생들의 마음을 훔치고 다녔다'
그렇게 꿈 많은 여고 시절, 봄이면 무리 지어 하얗게 피어 있는 배꽃
은 신선하고 신비롭다. 바로 이화여고 교화이다. 아침 조회시간에 전
교생이 모여 있는 것을 보면 대한민국 여성의 자존심, 밝은 미래가 여
기 있구나라고 느낄 것이다. 이화는 1886년 설립된 한국 최초의 여성
교육 기관이다. 유관순 열사의 모교로 유명하다. 일제시대 항거했던

삼일운동 정신이 아직도 교정에 서려 있다.

신애경 시인은 이곳 이화여고 출신이다. 그렇게 꿈 많던 시절을 회상하며 돌담길 따라 거닐고 있는 모습에서 많은 독자들도 나름의 청소년 시절의 추억을 그리워하리라 여긴다.

봄바람이 좋아
봄바람에 햇살이 포개져
대기가 훈훈해
기지개를 켜는 산천초목
그 연둣빛 세상에
연초록으로 물들어 봐
그렇게 물들며
봄을 느끼는 우리
봄나물 깨끗이 씻어
한 소쿠리 밥상에 올려
된장 찍어 고추장 찍어
봄을 씹어 봐
봄의 기운을 먹어봐
꼭꼭 씹어
천천히 천천히 씹어

– 「봄 봄 봄」 전문

만물이 소생하는 봄이 오면, 봄바람 솔솔 온 들을 덮는다. 이때 서서히 연둣빛으로 번져드는 들녘을 보라. 아지랑이 하늘 향해 곱사춤을 추고 종달이 오르내린다. 농부의 종아리와 팔뚝엔 거머리가 달라붙어 꿈틀거린 듯 힘줄이 구슬땀 속에서 반짝인다. 농부들의 힘쓰는 소리가 산과 들에 종달새 소리와 하모니를 이룬다.

'봄바람이 좋아/봄바람에 햇살이 포개져/대기가 훈훈해/기지개를 켜는 산천초목/그 연둣빛 세상에/연초록으로 물들어 봐' 봄 햇살이 봄바람 담요를 타고 요술 담요처럼 오르내리면 비로소 봄을 알아차린다. 봄나물 캐서 꼭꼭 씹어 보자, 바로 연령을 떠나 누구나 인생의 봄을 가슴속으로 받아들인다.

금호 로타리 제일학원 간판에
써 있는 문구다
우연히 간판을 읽고
게으른 자에 대해 생각에 잠긴다
세상사 게으른 자 발 붙일 곳 있던가
아침형 인간으로 생활 리듬을 탄다
지금은 아닌데 젊은 시절
아들 둘 중고생 때 한번
우울증이 깊이 왔다
손 하나 까딱하기 싫었다
아이들과 남편이 출근하면
커튼 치고 전화선 뽑고 온 집안
컴컴하게 하고 이불 뒤집어 쓰고
누웠던 시절 있었다

요즘 나의 일과는 비교적 초저녁에

자고 새벽 2시 기상한다

3시간 정도 책상에 앉는다

밴드에 댓글 표정 남기며 공부한다

생활 시 몇 편 쓴다

5시쯤부터 주방으로 이동

재료 손질한다

까뮤를 틀고 노래 들으며

음식 만들 준비를 한다

쪽파 김치 양배추 물김치하고

브로콜리 시금치 데침하고 생선조림한다

7시 영감 기상 시켜 아침상 준비한다

– 「게으른 자 들어오지 마라」 전문

　신 시인의 시 「게으른 자 들어오지 마라」를 검토해 보자. 초저녁에
자고 새벽 2시에 기상한다. 부지런한 사람들의 습관이 바로 그렇다.
특히 음식점을 운영한 부지런한 사람들의 전형적인 습관이 그렇다고
한다. 그리고는 세 시간 정도는 밴드나 카페들을 통해서 문학성 마음
을 교감한다. 이어 주방으로 이동해 그 날 소모될 재료들을 손질한다.
까뮤를 틀고 노래 들으며 음식 만들 준비에 여념이 없다. 7시가 되면
옆지기 배우자를 기상 시켜 아침을 준비한다. 그의 시는 일상을 소재
로 한 생활시이며 자유로운 서정시다. 어찌 보면 시란 그렇게 대단할
것은 없다. 그의 시는 자유분방하다. 구태여 미사여구를 늘어놓으며

잘 꾸미려 하지 않는다. 어떤 이는 시 한편을 쓰기 위해 며칠을 피와 땀과 영혼을 불태운다. 라고 역설한다. 그렇게 심오한 글은 그들대로 쓰라 한다. 나는 내 스타일대로 쓴다. 바로 일반 사람들과도 교감할 수 있게 쉽고 대화 나누듯이 문장 자체가 편하게 느껴진 것이 어찌 보면 그의 시적 매력일 수 있다.

가늘고 길게라고 해야 하나
오래 길게에 주목한다
무병장수 바라는 뻔녀 아니다
어제 갑장 친구의 부고를 들었다
아 허탈하다
하늘 처다본다
내가 지금 무엇을 하고 있는 거지
사인 심장마비
나의 사인도 심장마비였으면
얼마나 남았을까
계수할 수 있다는데!

-「오래 길게」 전문

가늘고 길게, 오래 길게, 문득 그에 대비되는 굵고 짧게, 가 생각난다. 약 60년 전 육사 출신 강재구 소령은 월남 파병 부대의 중대장으로서 수류탄 투척 훈련을 시키던 중, 부하 사병의 실수로 중대 한가운데로 떨어진 수류탄을 자신의 몸으로 덮쳐 구하고 장렬하게 죽었다.

그의 일기장에는 자주 쓰여 있는 문구가 있었다고 한다. 굵고 짧게 살자. 의기가 씩씩하고 열렬한 그의 기백은 우리 국방사에 영원히 서려 있다. 어떤 이는 가늘고 길게 살아가자는 철학을 가지는 이도 있다. 한 가지 일에 오래오래 체득한 안신입명의 철학이라고도 볼 수 있다. 그런데 신 시인은 '가늘고 길게' 해야 하나 '오래 길게' 라고 시제를 달았다. 어찌 보면 같은 중복된 언어 같다. 부사인 '오래'는 부사어로 쓰이고, 이어지는 시간상의 한 때에서 다른 때까지의 동안이 오래다 라고 할 수 있다. '오래'는 시간이 지나가는 동안이 길게의 뜻을 나타내고, 길다, 길게는 이어지는 시간상의 한 때에서 다른 때까지의 동안이 오래다의 오래인 뜻을 나타낸다는 점도 참고해 보자. 어제 갑장 친구의 부고를 들었다/아 허탈하다/하늘 쳐다본다/내가 지금 무엇을 하고 있는 거지, 라고 스스로에게 반문하면서 친구의 순간적인 죽음에서 많은 사람들에게 공허, 허탈감, 자괴의 메시지를 남긴다.

인류는 생존을 위해
수렵시대를 거쳐 농경시대를 거친다
땅을 기반으로 귀족시대가 펼쳐진다
노비들의 노동 착취당한다
산업 혁명 시대엔
노동자들이 형편없는 노임으로
입에 풀칠하기도 힘들다
아날로그에서 디지털시대가 도래한다
2G 3G 4G 5G 시대다
4차 산업 혁명 시대 인공지능 AI 시대에

살고 있는 지구촌 가족의 현실은
유사 이래 본 적도 없는 풍경들이 펼쳐진다
40퍼센트의 노동력을 로봇과
인공지능 AI가 대신한다
로봇에게 일자리를 빼앗긴 사람들은
피켓을 들고 거리로 나온다
시위한다 노동의 개념이 바뀐다
2024년 갑진년 격동하는 세상엔
어찌 적응하며 무엇을 준비하며 살아야 할까
다 같이 고민해 봐야 한다
이야기가 돈이 되는 세상이다
하는 일이 사회적 가치를 나눌 수
있어야 한다

– 「당신의 스토리를 들려주서요」 전문

인류가 생기면서 그들의 주식은 어떤 것이었을까. 최초에는 짐승을 잡아먹는 수렵시대이고 이어서 농경시대로 변모했다고 볼 수 있다. 점차 산업사회가 구성되고, 공업화되면서 오프라인이 형성되고, 이어서 온라인으로 변모해 갔다.

'아날로그에서 디지털시대가 도래한다/2G 3G 4G 5G 시대다/4차 산업 혁명 시대 인공지능 AI 시대에/살고 있는 지구촌 가족의 현실은/유사 이래 본 적도 없는 풍경들이 펼쳐진다/40퍼센트의 노동력을 로봇과/인공지능 AI가 대신한다/로봇에게 일자리를 빼앗긴 사람들은/

피켓을 들고 거리로 나온다/시위한다 노동의 개념이 바뀐다/2024년 갑진년 격동하는 세상엔/어찌 적응하며 무엇을 준비하며 살아야 할까/다 같이 고민해 봐야 한다' 라고 시인의 눈으로 보는 현시대는 걱정이 많다. 요즘 우리나라 사람들은 삼디 기피 현상이 두드러지게 나타난다. 특히 젊은이들에게서 많이 볼 수 있다. 하여 외국에서 노동자들이 들어와 그러한 일을 대신하게 된 현실이다. 돌아보면 우리 70대, 80대들께서 1970년~1980년대에 외국에서 그러한 일을 많이 했다. 참, 격세지감이 아닐 수 없다. 이제는 외국인과 로봇이 많이 한다. 그렇게 일자리를 빼앗긴 사람들이 시위한다. 노동의 개념이 바뀐 것이라고 시인은 지적한다. 이렇게 작가는 잘못 돌아가는 사회 현상을 지적하고 바로 세우는 데 앞장서야 하고 지적할 줄 알아야 한다.

대한민국을 강타한 진성의 안동역에서
국민 모두 떼창한다
연이어 발표된
보릿고개도 인기 일 순위다
따라 부르면 왠지 모르게 살짝
엉덩이와 어깨가 들썩거린다
아득히 먼 과거로 돌아가 본다
서울 산악회 신입 시절
얌전하게 앉아 있는데
달리는 관광버스 안에서 노래방 마이크가 켜진다
언니 오빠 노래 감상하며 새우깡 먹고 있는데
총무 언니 왈

신입도 노래 한 곡 하라 마이크 건넨다
안동역에서 시원하게 뽑아 본다.

- 「안동역에서」 전문

서평하는 필자가 들은 얘기다. 중진의 시인이자 작사가인 김병걸이라는 분이 작사한 '안동역에서'를 중진 가수 진성이 받아 노래해 당대에 최고의 히트작이 되었다. 작사가이자 시인인 김병걸 작가는 약 2천여 편의 작사를 해 코로나 시기 전에는 저작권료가 월 수천만 원이었다고 방송에서 들은 바 있다. 그중에서도 '안동역에서'의 저작권료가 상당한 수입을 올렸다는 것이다. 가수 진성은 무명가수 시절에서 '안동역에서'를 발판삼아 일약 유명가수로 진가를 발휘했다는 것이다. 그만큼 '안동역에서' 작시 한 편이 시대 상황의 아픔을 대변하고 국민은 공감한다는 증거이다.

'대한민국을 강타한 진성의 안동역에서/국민 모두 떼창한다/연이어 발표된/보릿고개도 인기 일 순위다/따라 부르면 왠지 모르게 살짝/엉덩이와 어깨가 들썩거린다' 시인은 서울산악회 신입시절 관광버스 안에서 불렀던 그 노래를 회상하며, 노랫말이 가슴에 와닿는 것은 사람의 감성을 자극하는 청량제이리라.

시를 좋아하세요
짧은 글 시가 좋아요
고교 시절 등단한 문정희 시인의
글부터 마을 회관 할머니 글까지

전철 승강장에 있어요

시골 버스 정류장에 있어요

기차 대합실에 있어요

학교 담벼락에 있어요

연수원 산책로에 있어요

수락산 입구엔

천상병 시인의 글이 있어요

동네 호프집 벽에도 있어요

그 어디서나 만나요

초등생이 쓴 동시 읽다

눈물이 핑그르 돌아요

퍼지지 않는 살림살이

바람 잘 날 없는 소식들

견딜 만해요

시를 읽고

시를 필사하고

시를 읊조려요

시를 읽으며

필자를 떠올려요.

- 「가까이에 있어요」 전문

요즘 일본 문학계에서는 짧은 시, '하이쿠시'가 유행한다. 많은 독자들이 공감하는 17자 내외의 단문 함축된 시를 선호한다고 한다.

우리나라도 서서히 단문 시가 유행을 타고 있다. 바로 디카시다.

디카시란 디지털카메라로 자연이나 사물에서 시적 형상을 포착하여 찍은 영상과 함께 문자로 표현하는 간결한 시를 말한다.

실시간으로 소통하는 디지털 시대의 새로운 문학 장르, 언어예술이라는 기존 시의 범주를 확장하여 영상과 문자를 하나의 텍스트로 결합한 멀티언어예술이다.

'시를 읽고/시를 필사하고/시를 읊조려요/시를 읽으며/필자를 떠올려요.'

　표준말에 반듯한 음성으로
　말하는 서울 아가씨 이쁘다
　말주변 없는 경상도 남정네
　내 손을 잡는다
　예스 노우 정확한 서울 여자
　시골 남자 어쩔 줄 모른다
　말 안 해도 안다
　말이 다가 아니란 것을
　눈비 온몸으로 맞는다
　묵묵히 걷는 시골 선비의
　뚝심을 냉정히 지켜본다
　새침데기 서울댁 미소 짓는다.

－「언어가 예쁜 사람」 전문

말 한마디로 천 냥 빚을 갚는다.라고 속담에 나와 있다. 그만큼 말씨는 사회생활에 중요한 역할을 한다. '표준말에 반듯한 음성으로/말하는 서울 아가씨 이쁘다/말주변 없는 경상도 남정네/내 손을 잡는다' 주로 수도권(서울 경기) 사람들의 언어를 표준말이라고 한다.

크게 광역권 도 별로 나누어 본다면 서울 경기, 경상도, 전라도, 충청도, 강원도, 제주도, 북한어, 이렇게 분류해 보면 어떨까. 주로 개그맨, 코미디언들이 8도 언어라고 하면서, 웃음을 주는 말씨로 한자리에서 코믹하게 함으로 인해 비교되어 대충 알게 되었다.

상냥하게 말하는 서울 아가씨, 통명스럽게 던지듯 말하는 경상도 사내, 대조적 말씨가 서로 간 독특한 매력으로 여겨 오히려 잘 어울려서인가. 그렇게 부부로 인연이 된 예가 많다.

일터에서 귀가한 가족들
도서관에서 귀가한 아들딸
휴가 나온 아들
밥솥 열어 고봉밥 담는다
고소한 밥 냄새 가득한 밥상
고봉밥 위에 미소 한 줌 얹는다

- 「고봉밥」 전문

고봉밥이란 밥그릇 높이 위로 수북하게 담은 쌀밥이나 보리밥을 일컬어 하는 말이다. 보릿고개 시절을 요즘 젊은 세대들은 잘 모를 것이다. 이미 우리 대한민국은 첨단 산업이 발달하고 세계 10위권에 들어갈 정도의 경제가 발달한 나라가 되었기 때문이다. 주로 70대에 들어선 사람들은 너무나 피부로 느껴 보았기에 잘 안다.

5월이 오면 주로 가로수에 하얗게 핀 꽃을 본다. 이팝나무이다. 하얀 쌀밥이나 쌀튀밥을 연상케 한다. 배고파 본 사람들은 안다. 오죽하면 이팝나무를 쌀나무라고도 했을까.. 착시현상에 빠진 배고픈 사람들, 그렇게 농경사회, 천수답에 의존했던 가난한 나라, 전쟁까지 자주 치렀던 나라, 당시에는 국가 시책이 가장 시급했던 것이 민생고 해결이었다. 요즈음 음식을 남기고 밥투정하는 아이들의 모습에서 격세지감을 느끼게 된다.

에필로그

신애경의 제2시집 『샛별처럼』은 시와 사진들로 구성된 올 컬러 시집이다. 주로 자신의 모습을 내세워 시와 함께 조화를 이루었다.

어찌 보면 자유분방한 글발 같지만 나름대로 자유로운 글의 예리함과 부드러움, 인간미가 배어 있다고 보겠다. 시의 룰이나 틀 속에서 깊게 사유하지 않고 은유적, 의인화를 벗어나 있다. 시가 가볍게 보일 수 있으나 생활일기 쓰듯 신애경 시인의 편한 글은 오히려 독자들을 편하고 가깝게 하는 무엇인가 있다.

시인은 이렇게 편하게 글을 쓰고 사진이나 그림을 넣고, 자신만의 세계를 그려 나갈 것이다. 공감대가 형성되는 독자가 많을 것을 기대하며 졸필을 맺는다.